(Parole de l'abbé Pellegrin)

musique de Villeneuve

Yf

711

LA PRINCESSE D'ELIDE,

BALLET HEROIQUE,

REPRÉSENTÉ

POUR LA PREMIERE FOIS,

PAR L'ACADEMIE ROYALE · DE MUSIQUE;

Le Mardy 20. Juillet 1728.

DE L'IMPRIMERIE

De JEAN-BAPTISTE-CHRISTOPHE BALLARD,

Seul Imprimeur du Roy, & de l'Academie Royale de Musique.

M. DCC XXVIII.

AVEC PRIVILEGE DU ROY.

LE PRIX EST DE XXX. SOLS.

ACTEURS
DU PROLOGUE.

L'AMOUR,	Mlle. Julie.
VENUS,	Mlle. Hermanſe.
POLYMNIE,	Mlle. Dutilly.
TERPSICORE,	Mlle. Peliſſier.

Suite de l'AMOUR, de VENUS, de POLYMNIE
& de TERPSICORE,

Troupe d'Amants & d'Amantes des Rives de la Seine.

La Scene eſt ſur le Theâtre de l'Academie Royale de Muſique.

ACTEURS ET ACTRICES
de tous les Chœurs du Prologue & du Ballet.

CÔTE' DU ROY.		CÔTE' DE LA REINE.	
Meſdemoiſelles	*Meſſieurs*	*Meſdemoiſelles*	*Meſſieurs*
Souris-L.	Dun pere.	Antier-C.	Le Myre-L.
Julie.	Bremond.	La Roche.	Morand.
Dun.	Flamand.	Tettelette.	S. Martin.
Souris-C.	Levaſſeur.	Charlard.	Bertin.
Dutilly.	Deshais.	Petitpas.	Rebours.
De Kerkoffen.	Buſeau.	Cartou.	Dautrep.
	Dubrieul.		Corail.
	Dupleſſis.		Duchesne.
	Combeau.		Houbeau.
			A ij

DIVERTISSEMENT
du Prologue.

ELEVES DE TERPSICORE,

Mademoiselle Camargo,

Messieurs Dangeville, Malter-L., Bontemps, Savar, Dumay;

Mesdemoiselles Lamartiniere, Binet, Duroché, Duval, Lemaire.

GRACES, Suivantes de VENUS.

Mesdemoiselles Petit, Sallé, Thibert.

On vendra cette Piece imprimée en Musique
en une Partition in-quarto, *reliée*   12. liv.
Ainsi que les autres de la même forme.
Celles in-folio font chacune de   20. livres.

PROLOGUE.

Le Theâtre repréſente un lieu orné pour des Spectacles.

L'Amour paroît dans le fond, aſſis ſous un Pavillon; POLYMNIE & TERPSICORE ſont placées un peu plus bas, à ſes côtez.

SCENE PREMIERE.

L'AMOUR, POLYMNIE, TERPSICORE,
Suite de ces trois Divinitez.

Troupe d'Amants & d'Amantes des Rives
de la Seine.

L'AMOUR.

’Eſt dans ces lieux que l'Amour regne;
Accourez, jeunes Cœurs; laiſſez - vous
enflammer:
Venez apprendre l'art d'aimer;
C'eſt l'Amour même qui l'enſeigne.

PROLOGUE.

CHOEUR d'Eleves de POLYMNIE & de TERPSICORE.

C'est dans ces lieux, que l'Amour regne ;
Accourez, jeunes Cœurs, laissez-vous enflammer :
Venez apprendre l'art d'aimer ;
C'est l'Amour même qui l'enseigne.

L'AMOUR.

Vous qui dictez mes loix dans cet heureux séjour,
Avancez Polymnie, approchez Terpsicore ;
Que par vous, s'il se peut, ma gloire augmente encore :
Dans vos jeux, dans vos chants, faites regner l'Amour.

POLYMNIE ET TERPSICORE.

Heureux Sujets de l'amoureux empire,
Ecoûtez nos tendres leçons.

TERPSICORE.

Dans nos Danses,

POLYMNIE.

Dans nos Chansons,

ENSEMBLE.

C'est l'Amour seul qui nous inspire.

TERPSICORE.

Vous, qui tracez aux yeux une vive peinture
Des sentiments les plus secrets,
Faites briller les plus beaux traits,
Que l'art ingenieux ajoûte à la nature:

Estes-vous agitez de la fureur de Mars?
Que Bellonne elle-même enflamme vos regards
Au son des terribles Trompettes.

Bruit de Trompettes.

L'Amour, le tendre Amour rend-il vos cœurs heureux!
Que ce Dieu si charmant vienne animer vos jeux,
Au son des paisibles Musettes.

HAUTBOIS.

Et vous, dont par mes soins tous les pas sont dreſſez,
Nymphe charmante, commencez.

la NYMPHE danse.

L'AMOUR.

Quel éclat fait briller les Cieux!
C'est Venus: quel bonheur extrême!
Venus vient juger elle-même,
Des honneurs éclatants qu'on me rend en ces lieux.

Descente de Venus.

SCENE II.

VENUS & les Acteurs de la Scene précedente.

L'AMOUR.

A Imable Reine de Cythere ;
Vous sçavez à quel point vôtre gloire m'eſt chere :
Voyez, pour l'augmenter, tous les ſoins que je prends.

VENUS.

Quelque ſoin qui pour moy te preſſe,
Sous une apparente tendreſſe ;
Je ne vois en ces lieux que des indifferents.

Ce n'eſt pas aux bords de la Seine
Qu'on rend hommage à la Beauté :

On ne cherche dans une chaîne
Que l'éclat & la vanité.

Ce n'eſt pas aux bords de la Seine
Qu'on rend hommage à la Beauté.

Au

Au milieu des Jeux & des Fêtes ;
Je rougis des honneurs que tu crois recevoir :
Tes plus ardents Sujets ne chantent ton pouvoir,
Que pour publier leurs conquêtes.

L'AMOUR.

Pour regner fur tout l'Univers
J'adoucis le poids de mes fers :
Je m'accommode à la foibleffe
Des cœurs que j'entreprends de ranger fous mes loix,
Et je prends foin de faire choix
Du trait vainqueur dont je les bleffe :

VENUS.
Eft-ce ainfi que tu dois regner ?

CHOEURS d'Amants & d'Amantes.

Ah ! pourquoy troublez-vous nôtre bonheur extrême ?

VENUS.
Non ; vous ne fçavez pas comme il faut que l'on aime,
C'eft à moy de vous l'enfeigner.

CHOEUR.
Ah ! pourquoy troublez-vous nôtre bonheur extrême ?

VENUS.
Non ; vous ne fçavez pas comme il faut que l'on aime.

B

Quand le plus charmant des Vainqueurs
Vous a soumis à son empire,
Faites parler vos yeux par de tendres langueurs;
Ce langage vous doit suffire.

Sur vous le tendre Amour répand-il ses faveurs?
Triomphez au fond de vos cœurs;
Mais soyez heureux, sans le dire.

Vous, pour me seconder, venez aimables Graces;
Que l'Amour vole sur vos traces.

DANSE DES GRACES.

Aux Eleves de POLYMNIE
& de TERPSICORE.

Et Vous, dont mon Fils a fait choix,
Pour dicter ses suprêmes loix,
Secondez les vœux de sa Mere:

Apprenez aux Amants de cet heureux séjour,
Qui fait mieux triompher l'Amour,
Ou de l'éclat, ou du mistere.

Que l'Amour triomphe en tous lieux,
Qu'aux desirs de Venus à l'envy tout réponde,
Que le Ciel, que la Terre & l'Onde;
Que tout suive les loix du plus charmant des Dieux.

On danse.

CHOEUR.

Que l'Amour, &c.

TERPSICORE.

Volez Plaisirs, volez, enchantez nos regards;
La Mere d'Amour vous appelle:
Au plus charmant de tous les Arts,
Prêtez une grace nouvelle.

Vous animez des plus beaux feux,
Et les Bergers & les Bergeres;
Rendez leurs danses plus legeres;
Regnez, Triomphez dans mes jeux.

Prêtez une grace nouvelle
Au plus charmant de tous les Arts:
Volez Plaisirs, volez, enchantez nos regards;
La Mere d'Amour vous appelle.

On danse.

C H OE U R.

Que l'Amour triomphe en tous lieux;
Qu'aux desirs de Venus à l'envy tout réponde:
Que le Ciel, que la Terre & l'Onde;
Que tout suive les loix du plus charmant des Dieux.

FIN DU PROLOGUE.

B ij

ACTEURS
DU BALLET.

AMARYLLIS, *Princeffe d'Elide,*
Fille de Pan, Mlle. Hermance.

TERSANDRE, *Prince d'Argos,*
Amant d'Amaryllis, M^r. Tribou.

IPHIS, *Prince de Corinthe, amoureux*
d'Amaryllis, M^r. Chaffé.

DORIS, *Confidente d'Amaryllis,* Mlle. Peliffier.

ARCAS, *Confident de Terfandre,* M^r. Dun.

Troupes de FAUNES, de BERGERS,
& de NYMPHES.

La grande PRESTRESSE
de VENUS, Mlle. Julie.

UNE PRESTRESSE de VENUS, Mlle. Dutilly.

Troupe de PRESTRESSES de VENUS.

Troupe d'ARGIENS déguifez, repréfentants
les anciens Pantomymes, fous des Caracteres plus
modernes.

La Scene eft dans les Champs D'ELIDE.

DIVERTISSEMENT
du Ballet.

PREMIER ACTE.

BERGERS ET BERGERES,

Mesdemoiselles Prevost & Sallé;
Messieurs Dangeville , P-Dumoulin , Maltair-L;
Mesdemoiselles Duroché , Binet , Thibert.

FAUNES ET NYMPHES,

Monsieur D-Dumoulin;
Messieurs Tabary , Savar , Dumay.
Mesdemoiselles Verdun , Duval , Lemaire.

SECOND ACTE.

AMANTS D'AMARILLIS,
Monsieur Laval;
Messieurs Dumoulin-L. , Savar , Tabary , Dumay;
Mesdemoiselles Verdun , Duval , Lemaire , Petit.

PRESTRES ET PRESTRESSES,

Messieurs Dangeville , P-Dumoulin , Maltair-L.,
Javillier ;
Mesdemoiselles Thibert , Duroché , Lamartiniere,
Binet.

TROISIE'ME ACTE.

Troupe d'Argiens & d'Argiennes.

UNE BOHEMIENNE,   Mlle. Camargo.

UNE INDIENNE,   Mlle. Sallé.

UN INDIEN,   M^{r}. Savar.

UNE INDIENNE,   Mlle. Delifle.

UN AFFRIQUAIN,   M^{r}. Bontemps.

UNE AFFRIQUAINE,   Mlle. Duval.

UN EGYPTIEN,   M^{r}. Dangeville.

UNE EGYPTIENNE,   Mlle. Durocher.

ARLEQUIN,   M^{r}. F-Dumoulin.

Autres Argiens & Argiennes déguifez.

Meffieurs Laval , Malter-C.

Monfieur Pierret,   Mademoifelle Lemaire.

Monfieur Camargo ,   Mademoifelle Tybert.

Monfieur Dumay ,   Mademoifelle Petit.

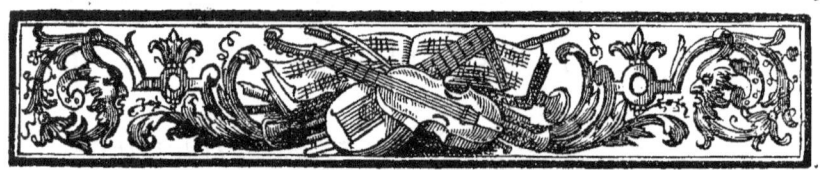

LA PRINCESSE
D'ELIDE,
BALLET HEROIQUE.

ACTE PREMIER.

Le Théâtre repréfente une Foreft, voifine du Cirque,
où l'on vient de celebrer les Jeux Olympiques.
Le Cirque paroît dans l'éloignement.

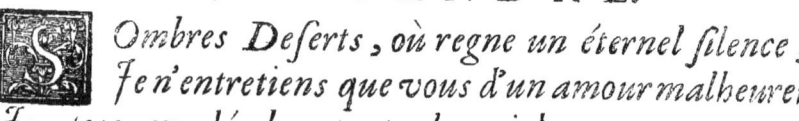

SCENE PREMIERE.
TERSANDRE.

Ombres Deferts, où regne un éternel filence,
Je n'entretiens que vous d'un amour malheureux,
Je dois en dérober toute la violence
A l'infenfible Objet de mes plus tendres vœux:
    Dieux ! avec tant d'indifference,
    Peut-on infpirer tant de feux ?
Sombres Deferts, où regne un éternel filence,
Je n'entretiens que vous d'un amour malheureux;

La fiere Amaryllis rend mon amour timide :
Je la fuy ; je renonce au laurier glorieux,
Des Jeux, à Jupiter, confacrez par Alcide:
Je crains que mes tranfports n'éclatent à fes yeux :
Je la voy : doux Tranfports, gardez-vous de paraître
    Devant l'Objet qui vous a fait naître.

SCENE II.

AMARYLLIS, TERSANDRE, DORIS.

AMARYLLIS.

AUx yeux d'une brillante cour
Pourquoy dédaignez-vous le prix de la victoire?

TERSANDRE.

La main qui le difpenfe eût donné lieu de croire
    Que le vainqueur avoit fait pour l'amour,
    Ce qu'il n'a fait que pour la gloire.

AMARYLLIS.

Croyez-vous que l'amour deshonore un vainqueur?

TERSANDRE.

    Je crois qu'avec un foin extrême
    Il faut en garentir fon cœur ;
    Vous me l'avez appris vous même.
              AMARYLLIS·

AMARYLLIS.

Dans les Jeux, qui bien-tôt vont être celebrez,
Fuirez-vous encor ma presence?
C'est par les soins d'Iphis qu'on les a preparez;
On les consacre au Dieu dont je tiens la naissance.

TERSANDRE.

Et la Nymphe & le Dieu doivent être assurez
D'une éternelle obeïssance.

SCENE III.

AMARYLLIS, DORIS.

AMARYLLIS.

IL fuit!

DORIS.

Quels nouveaux soins viennent vous agiter?

AMARYLLIS.

Ah! quand chacun me rend hommage,
Je dois prendre pour un outrage
Le soin qu'il prend de m'éviter.

Des plus superbes Roys pour moy l'ardeur éclate,
Mille cœurs viennent me chercher,
D'un seul la conquête me flatte,
Et c'est le seul que je ne puis toucher.

C

DORIS.

Parmy tant de Heros qui vous rendent les armes,
Qu'importe d'en trouver un seul indifferent ?
Pour vous est-ce un malheur si grand
Qu'il échape un cœur à vos charmes ?

AMARYLLIS.

Un cœur qui ne se donne pas,
Offense toûjours des appas
Accoûtumez à la victoire :
Le refus d'un soupir nous est injurieux ;
Et ce qu'on dispute à nos yeux
On le dérobe à nôtre gloire.

DORIS.

Vous offensez l'Amour ;
L'Amour se vange :
Par un juste retour,
Tôt ou tard sous ses loix craignez qu'il ne vous range.

AMARYLLIS.

L'Amour ! ah ! tu me fais trembler.

DORIS.

D'où naît le trouble affreux, où ce discours vous plonge.

AMARYLLIS.

Mes esprits sont frappez d'un songe,
Que tu viens de me rappeller.

Au milieu d'une nuit profonde,
J'ay vû briller le Char de la Mere d'Amour ;
Elle avoit moins d'attraits, lorſque ſortant de l'Onde,
Elle vit le flambeau du jour
Pour faire le bonheur du monde.
Tremble, m'a-t-elle dit, mon Fils eſt irrité
De ton infléxible fierté ;
Il eſt preſt d'en prendre vengeance :
Il va ſignaler ſa puiſſance
Aux dépens de ta liberté.
La Déeſſe & le Char ſe couvrent d'un nuage :
J'en voy partir un trait vengeur ;
Il vole, & ſe fait un paſſage
Juſques dans le fond de mon cœur.

D O R I S.

On vient ; de ce grand jour marqué pour la victoire,
Vos yeux vont partager l'honneur.

A M A R Y L L I S.

Terſandre eſt de la Fête : Ah ! Doris quelle gloire
De pouvoir triompher d'un ſi ſuperbe cœur !

✳✳✳✳✳✳✳✳✳✳✳✳✳✳✳✳✳✳✳✳✳✳✳✳✳✳✳✳✳✳✳✳✳✳✳✳
✳✳✳✳✳✳✳✳✳✳✳✳✳✳✳✳✳✳✳✳✳✳✳✳✳✳✳✳✳✳✳✳✳✳✳✳

SCENE IV.

AMARYLLIS, TERSANDRE, IPHIS, DORIS, ARCAS.

Troupes de FAUNES, de NYMPHES, de SYLVAINS, de BERGERS & de BERGERES.

MARCHE.

IPHIS.

Au Dieu *qui lance le tonnerre,*
Nos premiers vœux viennent d'être adreſſez :
Les yeux d'Amaryllis ſont les Dieux de la terre ;
Ils ne demandent pas des ſoins moins empreſſez.

Faunes, Nymphes, Sylvains, Bergers de ces boccages,
Amaryllis regne en ces lieux,
Comme Jupiter dans les Cieux :
Elle doit avec luy partager nos hommages ;
Chantez dans cet heureux ſéjour
Le Dieu qui luy donna le jour.

Regne dans ces retraites,
Paiſible Dieu des bois ;
Anime les muſettes,
Et les cœurs & les voix.

CHOEUR.

Regne dans nos retraites,
Paisible Dieu des bois ;
Anime nos musettes,
Et nos cœurs & nos voix.

On danse.

UNE BERGERE.

Dieu, qui prends soin de nos boccages,
Sois propice aux tendres Amants ;

Rends nos gazons, rends nos ombrages
Toûjours plus frais & toûjours plus charmants.

Dieu, qui prends soin de nos boccage.
Sois propice aux tendres Amants.

La Troupe des BERGERS & des BERGERES, forme une nouvelle Entrée.

La Troupe des SYLVAINS, des FAUNES & des NYMPHES vient se joindre à celle des BERGERS & des BERGERES, pour honorer le Dieu PAN, qui preside sur les uns & sur les autres.

DORIS.

Source des plus vives flammes,
Amour, dont tout suit les loix,
Regne toûjours dans nos bois ;
Regne à jamais dans nos ames.

A tes traits tout est possible ;
Rends tous les cœurs amoureux :
Viens sur le plus insensible
Répandre tes plus beaux feux.

Source des plus vives flammes,
Amour, dont tout suit les loix,
Regne toûjours dans nos bois ;
Regne à jamais dans nos ames.

I P H I S.

Digne Objet de l'ardeur que vous voyez paraître,
Vous qu'un Dieu favorable en ces lieux a fait naître
Pour y faire un bonheur nouveau,
Daignez d'un doux hymen allumer le flambeau :
Nymphe, dans ce séjour champêtre,
Eternisez un sang si beau.

A M A R Y L L I S, à I P H I S.

Perdez une vaine esperance ;
Non, mon cœur n'est pas fait pour souffrir un vainqueur.

I P H I S.

Quoy ? rien ne peut fléchir vôtre injuste rigueur ?

Dans une triste indifference,
Pourquoy passer vos plus beaux jours ?
Quand la beauté fait naître les Amours.
Faut-il que la fierté détruise l'esperance ?
Regnez sur tous les cœurs ; regnez sur un Epoux ;
Il n'est point d'empire plus doux.

C H OE U R.

Regnez fur tous les cœurs ; regnez fur un Epoux ;
Il n'eft point d'empire plus doux.

A M A R Y L L I S.

Ciel ! contre mon repos tout mon Peuple confpire !

T E R S A N D R E.

Non , ne fouffrez point de vainqueur ;
Regnez toûjours fur vôtre cœur :
Il n'eft point de plus doux empire.

A M A R Y L L I S.

à TERSANDRE.   à tous.

Je vous entends. Allez , qu'on fe retire.

SCENE V.

AMARYLLIS, DORIS.

AMARYLLIS.

Quelle indifference ! grands Dieux !
Quel mépris odieux !
Puis-je trop punir cette offense ?
Quel trouble ! quels transports à mon cœur inconnus !
Courons au Temple de Venus,
Et du cruel Amour détournons la vengeance.

FIN DU PREMIER ACTE.

ACTE II.

ACTE DEUXIE'ME.

Le Theâtre repréſente le Temple de VENUS.

SCENE PREMIERE.

AMARYLLIS.

Aimable Mere des Amours,
Pour la premiere fois j'implore ton ſecours.

Prête-moy de nouvelles armes ;
Un Mortel, dont l'orgueil méconnoît ton pouvoir,
Ne daigne pas s'appercevoir,
Si mes yeux ont des charmes :

Aimable Mere des Amours,
Pour la premiere fois j'implore ton ſecours.

D

SCENE II.

AMARYLLIS, DORIS.

AMARYLLIS.

TErsandre ne vient point !

DORIS.

Sur mes pas il s'avance.

AMARYLLIS.

Tersandre ne vient point !

DORIS.

Qui peut vous allarmer ?
Quel trouble ! quelle impatience !

AMARYLLIS.

Se peut-il que son cœur ne puisse s'enflammer ?
Mais, peut-être en secret pour une autre il soupire.
Il n'importe, il faut tout tenter,
Pour le soûmettre à mon empire :
Le pouvoir de mes yeux peut-il mieux éclater ?

Si jamais à l'Amour il n'a rendu les armes,
  Quel doux triomphe pour mes charmes
  De pouvoir en faire un Amant!
  Et si déja quelqu'autre Belle
  Luy cause un amoureux tourment,
Que j'aurois de plaisir d'en faire un infidelle!
Il vient : De ses secrets Arcas est éclaircy ;
Il t'aime, & de tes soins j'ay droit de tout attendre,
Penetre dans son cœur, Doris, & viens m'apprendre
  Si tes soins auront réüssi.

SCENE III.

TERSANDRE, AMARYLLIS.

TERSANDRE.

NYmphe, une loy suprême auprès de vous m'appelle.

AMARYLLILLIS.

Iphis osoit lever ses regards jusqu'à moy ;
Et j'ay vû pour ma gloire éclater vôtre zele :
Prince, j'y suis sensible autant que je le doy.
Mais, Tersandre, il est temps que ma reconnoissance
  A son tour se montre à vos yeux ;
  Toutes les Beautez de ces lieux
Viennent se plaindre à moy de vôtre indifference.
      D ij

TERSANDRE.

Du moins, Amaryllis ne me condamne pas.

AMARYLLIS.

Autant que je le puis, je prends vôtre défense;
Mais comment excuser l'offense
Que vous faites à tant d'appas?

Si vous ne vouliez pas apporter vos hommages
A mille Objets charmants dont brille ce séjour,
Pourquoy quitter d'Argos les tranquilles rivages?
Que veniez-vous chercher au milieu de ma cour?

TERSANDRE.

La gloire de braver l'Amour
Dans le plus beau de ses ouvrages.

Non, n'espere jamais devenir mon vainqueur;
Amour, j'ay triomphé de tes plus fortes armes:
Non, jamais avec plus de charmes
Tu ne peux attaquer mon cœur.

AMARYLLIS.

Quand on voit un Objet aimable
Peut-on garder sa liberté?
C'est un tribut indispensable
Que le cœur doit à la Beauté.

TERSANDRE.

Pour former une chaîne ai...
L'Objet le plus charmant doit
C'est un tribut indispe...
Que la Beauté doit à l'...

AMARYLLI...

C'est assez ; je crois vous entendre ;
Si l'on vous offroit un cœur tendre,
Vous vous laisseriez enflammer ?

TERSANDRE.

Je serois un ingrat, si j'osois m'en défendre......
Mais, je ne crains rien tant que le peril d'aimer.

AMARYLLIS, à part.
Quel dépit !
TERSANDRE, à part.
Quelle violence !
Nymphe, vous gardez le silence !
Vous devez approuver l'aveu que je vous fais.
AMARILLIS.
Vôtre indifference m'étonne :
Mais, puis-je condamner l'exemple que je donne ?
De nos cœurs à l'envy gardons l'aimable paix.
TERSANDRE.
Pour vivre heureux, n'aimons jamais.

ENSEMBLE.

Amour, ce n'eſt pas ſur nos ames
Que tu lances des traits vainqueurs :
Va, fuy ; nous défions tes flammes ;
Cherche à regner ſur d'autres cœurs.

TERSANDRE ſort.

SCENE IV.

AMARYLLIS.

Quel mépris ! quel orgueil ! O Ciel ! eſt-il poſſible
Qu'il oppoſe un cœur invincible
A tous les traits que je veux luy porter ?
Ah ! plus je le trouve inſenſible,
Et plus, à l'en punir, je me ſens exciter.
Mais, j'apperçois Doris ; Arcas eſt avec elle ;
Pour moy laiſſons agir ſon zele.

SCENE V.

ARCAS, DORIS.

ARCAS.

LA Nymphe dans ces lieux ! Quoy? malgré sa fierté,
Prendroit-elle Venus pour sa Divinité ?

DORIS.

Elle fait assez de conquêtes,
Pour honnorer de quelques fêtes
La Déesse de la Beauté.

ARCAS.

Par quelque nouvelle victoire,
Voudroit-elle en ce jour signaler ses appas?
Mille cœurs enchaînez ne l'a consolent pas
D'un cœur fier qui manque à sa gloire.

DORIS.

Un cœur qui ne peut s'enflammer
Ne merite que sa colere.

ARCAS.

Doris, on n'est pas loin d'aimer,
Quand on est si sensible à la gloire de plaire.

Lorsque je devins ton Amant,
Pour t'éprouver, je fis serment
De ne porter jamais ta chaîne :
Ton cœur en parût allarmé ;
J'en tiray la preuve certaine
Que j'étois tendrement aimé.

Des froideurs de Tersandre Amaryllis s'offense !
Est-ce-là de l'indifference ?

D O R I S.

Quand je te demanday l'hommage de tes vœux,
Pour allumer tes premiers feux,
Je feignis de sentir l'ardeur la plus parfaite ;
Mais bien-tôt la gloire eût son tour,
Et, dès qu'elle fut satisfaite,
Je ne songeay plus à l'amour.

A R C A S.

Doris, tu me fais trop entendre,
Quel sort Amaryllis garderoit à Tersandre :
Mais, il sçaura braver le pouvoir de ses yeux.

D O R I S.
Il sent quelqu'autre amour.

A R C A S.
S'il en fait un mistere,
N'est-ce pas à moy de me taire ?

D O R I S.

D O R I S.

Non, il faut contenter mon defir curieux,
Ou pour jamais renoncer à me plaire.
Parle, ou je romps mes nœuds.

A R C A S.

Quoy ! tu voudrois changer ?

E N S E M B L E.

Que ne puis-je me dégager !
Ma vengeance feroit certaine :
Mais, le moyen de fe venger,
Quand on ne peut brifer fa chaîne ?

A R C A S.

Les Jeux vont commencer ; obtenons par nos vœux
Que la Mere d'Amour ferre encor mieux nos nœuds.

S C E N E VI.

AMARYLLIS, TERSANDRE, IPHIS,
Troupe d'Amants d'AMARYLLIS.

La grande PRESTRESSE de VENUS & fa Suite
paroiffent après la premiere Fefte de cette Scene.

M A R C H E.

A M A R Y L L I S.

FAvorable Venus, reçoy ces premiers gages
Du zele qui pour toy vient d'embrâfer mon cœur :
Pour prix de mes profonds hommages,
De ton Fils irrité défarme la rigueur.

E

Fille du Dieu puiſſant qui lance le tonnerre,
    Et Mere du plus grand des Dieux,
Tu ſoumis autrefois au pouvoir de tes yeux
    Le Dieu terrible de la guerre:
Puis-je avec trop d'éclat, annoncer à la terre
    Un triomphe ſi glorieux?

     Que la trompette retentiſſe:
     Reveillons les échos des bois;
     Que toute la terre applaudiſſe:
     Que le ciel réponde à nos voix.

C H OE U R.

Que la trompette retentiſſe, &c.

On danſe.

La grande PRESTRESSE de VENUS
alternativement avec le Chœur.

Souveraine des cœurs, ſignalez vôtre empire,
Faites regner l'Amour ſur tout ce qui reſpire.

LE C H OE U R.

Souveraine des cœurs, &c.

La grande P R E S T R E S S E.

La Beauté fait vôtre partage;
Elle ſeule à l'Amour prête des traits vainqueurs:
    A la Beauté tout rend hommage;
    Elle regne ſur tous les cœurs.

LE CHOEUR.

Souveraine des cœurs, signalez vôtre empire,
Faites regner l'Amour sur tout ce qui respire.

On danse.

UNE PRESTRESSE DE VENUS.

Tendre Amour, que ton empire
Pour un cœur est plein d'attraits !
Il languit ; il ne soupire
Qu'après tes aimables traits :
Il n'est rien qui le console,
S'il ne sent ta vive ardeur :
Vole ;
Doux Vainqueur,
Viens dans mon cœur.

IPHIS.

Mere du tendre Amour, daigne implorer ton Fils
En faveur d'un amant fidelle.
Faut-il que, sans espoir, j'adore Amaryllis ?
Si tu veux couronner la flamme la plus belle,
Ton choix doit tomber sur Iphis.

Dieu des amants, il y va de ta gloire :
Sur le cœur le plus fier remporte la victoire.

La grande PRESTRESSE.

Vos vœux sont exaucez ; tout s'apprête en ce jour
Pour le triomphe de l'Amour.

E ij

Le fort d'Amaryllis à mes yeux se declare :
La puiffante Venus de mon ame s'empare ;

 Vous qui fuivez fes douces loix,
 Ecoûtez fon Arreft fuprême ;
 C'eft par les accents de ma voix
 Qu'elle va parler elle-même.

O R A C L E.

Un feul Mortel que je prefere à tous,
Au cœur d'Amaryllis eft en droit de prétendre ;
 Des Amants, il eft le plus tendre :
 J'en veux faire un heureux Epoux.

I P H I S.

Quel bonheur !

A M A R Y L L I S.

Quel Arreft !

LA GRANDE PRESTRESSE.

Il eft irrevocable.

A M A R Y L L I S.

Ah ! je cede au coup qui m'accable.

FIN DU SECOND ACTE.

ACTE TROISIE'ME.

Le Theâtre repréſente un Jardin préparé
pour une Feſte.

SCENE PREMIERE.

A M A R Y L L I S, appercevant TERSANDRE,
qui s'avance vers elle, en rêvant.

Erſandre porte icy ſes pas :
Il rêve ! aimeroit-il ? Doris vient de m'apprendre,
    Que pour de plus heureux appas,
    Il n'eſt peut-être que trop tendre.
Quel trouble ! dans ſon cœur tâchons de penetrer ;
    Venus, daigne m'être propice ;
    Et favoriſe un artifice
    Que ton Fils vient de m'inſpirer.

SCENE II.

TERSANDRE, AMARYLLIS.

AMARYLLIS.

Quelle secrette inquietude
Conduit icy vos pas errants?

TERSANDRE.

Vous voyez que la solitude,
Peut charmer quelque fois les cœurs indifferents.

AMARYLLIS.

Ces Jardins semblent faits pour l'amoureux mistere.

TERSANDRE.

Ces Jardins, par Flore embellis,
Ne sont pas des amants le séjour ordinaire,
Puisque j'y trouve Amaryllis.

AMARYLLIS.

On a beau se deffendre avec un soin extrême;
Tôt ou tard il faut que l'on aime.

TERSANDRE.

Ah ! du moins exceptez vôtre cœur & le mien.

AMARYLLIS.

Vous rêviez en ces lieux.

TERSANDRE.

Vous y rêviez de-même.
Et cependant vous n'aimez rien.

AMARYLLIS.

L'oracle de Venus que vous venez d'entendre,
Sur le choix d'un époux détermine mon cœur.

TERSANDRE.

Et quel est cet époux ?

AMARYLLIS.

C'est l'amant le plus tendre.

TERSANDRE

Et ! quel est cet amant ?

AMARYLLIS.

Iphis est mon vainqueur.

TERSANDRE.

Iphis !

AMARYLLIS.

Luy portez-vous envie ?

TERSANDRE.

Quoy ! vôtre ame à l'amour est enfin asservie !

AMARYLLIS.

C'est Iphis qui pour moy brûle des plus beaux feux ;
C'est le plus tendre Amant que je vais rendre heureux.
Vous rougissez de ma foiblesse.

TERSANDRE.

Non ; mais j'admire en ce moment
Par quel étrange évenement ,
L'Amour, d'un trait fatal , au même instant nous blesse.

AMARYLLIS.

à part.

Vous aimez ! quel jaloux transport !

TERSANDRE.

L'Amour a triomphé de mon cœur & du vôtre ;
Il nous gardoit un même sort ,
Sans nous avoir faits l'un pour l'autre.

AMARYLLIS.

AMARYILLIS, à TERSANDRE
qui veut se retirer.

Que je sçache à mon tour quel est vôtre vainqueur.

TERSANDRE, en se retirant.

Daignez voir un moment des Jeux que l'on apprête,
Vous apprendrez dans cette Fête,
A qui j'ay reservé mon cœur.

SCENE III.
AMARYLLIS.

POur une autre que moy la Fête se prépare !
Bien-tôt ma honte se déclare !
Une autre est l'objet de son choix !
Au milieu de ma Cour j'ay donc une Rivale.
Nom cruel, prononcé pour la premiere fois,
Tu me fais ressentir une horreur sans égale.

Amour, tu n'es que trop vengé ;
Tu vois couler mes larmes.

Je t'ay mille fois outragé ;
J'ay bravé tes plus fortes armes ;
Mais mon destin est bien changé.
J'ay meprisé tes feux ; on dédaigne mes charmes.

Amour, tu n'es que trop vengé ;
Tu vois couler mes larmes.

F

✳✳✳✳✳✳✳✳✳✳✳✳✳✳✳✳✳✳✳✳✳✳✳✳✳✳✳✳✳✳✳✳✳✳✳✳✳

SCENE IV.

IPHIS, AMARILLIS.

IPHIS.

Nʏmphe, un heureux tranſport me conduit près de
    vous.
Quel deſtin eſt le mien! dois-je en croire Terſandre ?

AMARYLLIS.

à part.   à IPHIS.
    Ciel! que vient-il de vous apprendre ?

IPHIS.

Un ſort dont tout les Dieux doivent être jaloux ;
Qu'au bonheur de vous plaire enfin je puis prétendre;
    En eſt-il pour moy de plus doux ?
    Quel prix de l'amour le plus tendre !

AMARYLLIS.

L'Ingrat ?

IPHIS.

    Ah ! de ce nom, lors que vous l'appellez,
Vous m'en faites ſçavoir plus que vous ne voulez.
    Je lis juſqu'au fond de vôtre ame,
    Et Terſandre eſt vôtre vainqueur;
En le rendant jaloux du bonheur de ma flamme,
    Vous vouliez ſurprendre ſon cœur.

Amour, lance tes traits sur un cœur qui t'offense;
Venge-toy, qu'il n'échape pas
A ta redoutable puissance:
Que ce cœur fier, pour remplir ta vengeance,
Ne brûle que pour des ingrats.
Amour, lance tes traits sur un cœur qui t'offense.

AMARYLLIS.

Qu'osez-vous dire? Amour, retien tes traits.
Quels transports furieux! quelle coupable audace!
Fuyez, à mes regards ne vous montrez jamais.

IPHIS.

En m'ordonnant de fuir vos funestes attraits,
Vôtre colere me fait grace.
C'est sans regret que je quitte ces lieux;
Ingratte, c'en est fait: je vais, loin de vos yeux,
Vous oublier, s'il est possible:
Je laisse à mon Rival le soin de me venger:
Et dumoins, en partant, il m'est doux de songer,
Que vous n'aimez qu'un insensible.

SCENE V.

AMARYLLIS.

JE sçais trop qu'il ne m'aime pas :
S'il n'étoit qu'insensible il seroit moins coupable ;
Mais, il n'est que trop tendre ; ô douleur qui m'accable
*   Il brûle pour d'autres appas.*

Le Theâtre s'obscurcit.

Mais la clarté du jour fait place à la nuit sombre ;
*   Retirons-nous : Nuit, redouble ton ombre.*

Le Theâtre s'éclaire.

Quel nouveau jour ! fuyons, hâtons nos pas :
Ce jour doit éclairer une Feste fatale ;
*   Ma fierté pourroit se trahir :*
Non, demeurons plûtôt : je verray ma Rivale ;
*   Je sçauray qui je dois hair.*

SCENE VI.

AMARYLLIS, TERSANDRE,
Troupe d'AGIENS déguisez.
Marche d'ARGIENS masquez.

TERSANDRE.

TOut répond en ces lieux à mon amour extrême ;
    Le jour brille ; l'ombre s'enfuit ;
Puisse l'éclat nouveau qui succede à la nuit,
Arrester un moment les yeux de ce que j'aime.

On danse.

TERSANDRE.

Vous, qui daus ce charmant séjour,
Favorisez mon tendre amour,
Chantez la gloire d'une Belle
Dont les yeux sont toûjours vainqueurs ;
L'Amour n'a formé que pour elle
Le plus tendre de tous les cœurs.

CHOEUR.

Chantons la gloire d'une Belle
Dont les yeux sont toûjours vainqueurs ;
L'Amour n'a formé que pour elle
Le plus tendre de ious les cœurs.

TERSANDRE.

Qu'à ses attraits tout rende hommage ;
Non, rien n'est comparable à l'Objet qui m'engage.

AMARYLLIS.

à part.

Ah! c'est trop soûtenir ce triomphe odieux.

à TERSANDRE.

Un hommage si glorieux,
Devroit la presser de paraître ;
Mais vous craignez pour elle un éclat indiscret.

aux ARGIENS deguisez.

Qu'on nous laisse en ces lieux.

Tout le monde se retire.

TERSANDRE.

Ciel! quel trouble secret!

SCENE VII.

AMARYLLIS, TERSANDRE.

AMARYLLIS.

VOus me l'avez promis, & je veux la connaître.

TERSANDRE.

Le Dieu qui me force à l'aimer,
Me permet seulement de celebrer sa gloire ;
Il me deffend de la nommer,
Sans être sûr de la victoire.

AMARYLLIS.

Non, non, c'eſt trop vous allarmer ;
Le triomphe eſt certain ; vous brûlez l'un pour l'autre,
Quel inſenſible objet, ſans ſe laiſſer charmer,
Peut goûter le plaiſir d'avoir ſçu deſarmer
Un cœur auſſi fier que le vôtre.

TERSANDRE.

Son cœur eſt plus fier que le mien.

AMARYLLIS.

Laiſſons un frivole entretien :
Expliquez-vous, je vous l'ordonne.

TERSANDRE.

C'eſt envain que mon cœur brûle du plus beau feu ;
Je crains qu'Amaryllis jamais ne me pardonne
D'avoir aimé ſans ſon aveu :
Vous condamnerez ma tendreſſe ;
Rien ne peut raſſurer mes timides eſprits :
Laiſſez-moy mon ſecret.

AMARYLLIS.

Tenez vôtre promeſſe ;
Je pardonne tout à ce prix.

TERSANDRE.

C'eſt me promettre plus que je n'oſe pretendre.

AMARYLLIS.

Pour la derniere fois......

TERSANDRE.

> *Reine, vous l'ordonnez;*
Mais enfin cet amour si parfait & si tendre,
Si vous même.....

AMARYLLIS.

Arreftez ; je ne veux rien apprendre.

TERSANDRE.

Inhumaine! eft-ce ainfi que vous me pardonnez;
Je vous livre vôtre victime :
Vengez-vous, mon cœur y confent;
Mais fongez, en me puniffant,
Que vos yeux ont fait tout mon crime.

Calmez vôtre injufte rigueur;
Ou je perce à vos yeux ce cœur, ce trifte cœur,
Qui vous aime, qui vous adore.

AMARYLLIS.

Non, d'un fi tendre amour je ne m'offenfe pas.
Mais vous m'avez trompé, hélas !
Ne me trompez-vous pas encore?

ENSEMBLE

ENSEMBLE.

Amour, que pour nos cœurs ta colere a d'attraits,
Quand sous tes douces loix, malgré nous, tu nous ranges,
Si c'est ainsi que tu te vanges,
Lance toûjours de nouveaux traits.

TERSANDRE.

Le bonheur de mes feux passe mon esperance,
Qu'aux yeux d'Amaryllis la Feste recommence.

On danse.

G

SCENE DERNIERE.

TERSANDRE, AMARYLLIS, ARCAS, DORIS;

Troupes D'ARGIENS déguifez en AMOURS, en JEUX, en PLAISIRS, & en NYMPHES.

On voit paroître dans le fonddu Theâtre un Arc de Triomphe, fous lequel on a élevé un Trône.

TERSANDRE, à AMARYLLIS.

L'Amour qui m'a foûmis à fon doux efclavage,
Sur ce thrône éclatant que l'on vient de dreffer,
De cent peuples divers va recevoir l'hommage;
Reine, vous eftes fon image,
C'eft à vous de vous y placer.

Au fouverain des cieux, de la terre & de l'onde,
Confacrez vos jeux & vos voix:
Chantez, Peuples, chantez les douceurs de fes loix;
Qu'il triomphe de tout le monde.

Tandis que TERSANDRE va placer AMARYLLIS fur le Trône de l'Amour, le Chœur repete ces quatre derniers Vers.

LE CHOEUR.

Au Souverain des cieux, de la terre & de l'onde,
Confacrons nos jeux & nos voix :
Chantons les douceurs de fes loix ;
Qu'il triomphe de tout le monde.

Plufieurs Quadrilles de Peuples viennent celebrer
la gloire de l'Amour par des Danfes de
Caracteres.

D O R I S.

CANTATILLE.

Celebrons la Victoire

Du plus puiffant des Dieux ;

Que le bruit de fa gloire

Vole au plus haut des Cieux :

Que fes traits ont de charmes !

Ils font toûjours vainqueurs ;

Ils font rendre les armes

Aux plus fuperbes cœurs.

G ij

Celebrons la Victoire
Du plus puiſſant des Dieux ;
Que l'éclat de ſa gloire
Vole au plus haut des Cieux.
Le doux prix de ſes chaînes
Anime nos deſirs ;
S'il cauſe quelques peines,
Il a mille plaiſirs.
Celebrons, &c.

C H OE U R.

Au Souverain des cieux , de la terre & de l'onde ,
Conſacrons nos jeux & nos voix :
Chantons les douceurs de ſes loix ;
Qu'il triomphe de tout le monde.

F I N.

A P P R O B A T I O N.

J'Ay lû, par ordre de Monſeigneur le Garde des Sceaux un Manuſcrit intitulé *La Princeſſe d'Elide* , *Paſtorale Heroïque* , & je n'y ai rien trouvé qui puiſſe en empêcher l'impreſſion. Fait à Paris ce 24. Juin 1728, GALLYOT.

AU MONT-PARNASSE,
Ruë Saint Jean de Beauvais.

ON vend la Mufique d'ORION, in-quarto. Part.in-4°. 2. l.
Les OPERA *précedents* de la même forme, font du même
prix, Tels font ceux d'HYPERMNESTRE, & de LA
PRINCESSE D'ELIDE, dont on acheve l'impreffion.

Ceux de *Lully*, & *autres*, de la forme in-folio, *à l'exception
des rares*, font chacun, de 20. liv. Tels font ROLAND & !
BELLEROPHON.

Le *Catalogue cronologique*, depuis l'établiffement de l'Academie, en fournit un *Détail exact*. On le vend   12. f.

On ne vend chaque Livre de *Paroles* in-quarto, que   30. f.

Et le Recueil general in-douze, qui a actuellement
onze *Volumes*, qu'à raifon de 50. f. le Volume,   27. l. 10. f.

Il y a d'autres AMUSEMENTS de Mufique In-douze,
qui font les *Parodies*, les *Brunettes*, les *Tendreffes Bachi-
ques*, la *Clef des Chanfonniers*, les *Rondes*, les *Menuets*;
le tout au nombre de *quatorze Volumes* propres à chanter & à joüer, à 50. f le Volume,   35. l.

Les *Meflanges de Mufique* Latine, Françoife & Italienne;
Trois Années, à huit livres piece,   24. l.
Chaque Saifon de l'Année,   2. l.

Chaque Volume des *trente Années de Mois* qui ont pré-
cedé ce Recueil, *à l'exception des rares*.   8. l.

Les METHODES, de *l'Affilard*, de *la Mufique Theorique
& Pratique*, des Principes de Flutes d'*Hottere*, à 50. f. piece, 7. l. 10. f.

Les *Principes par D. & R.* & les trois *Methodes* de Plain-Chant. 4. l.

Le *Dictionnaire* de Mufique de *Broffard*.   9. l.

Le *Traité de l'Harmonie*, Volume in-quarto de *Rameau*,   12. l.
*On trouve à la fin un Memoire des autres Traitez, & de toutes les
Méthodes concernant la Mufique.*

—Son nouveau *Syftême de Mufique*,   3. l.

—Ses Pieces de CLAVECIN, celles de *Marchand*,
& celles de *differents Auteurs*, à 40. fols, chaque Livre,   8. l.

Celles de *d'Anglebert*,   10. l.

Les deux Livres de CANTATES de *Morin* & la Chaffe,   15. l.

Toutes celles de *Clerambault*,   50. l. 10. f.

Celles de *Batiftin*, quatre Volumes,   25. l.

Celles de *Gervais*, Volume In-folio,   5. l.

Celles de *differents Auteurs*, fix Volumes In-folio,   15. l.
           Trois Volumes In-quarto,   3. l.

Celles de *Campra*, deux Volumes,   10. l.

Chaque Livre de fes MOTETS; ceux de *Broffard, Morin, Lochon,
Valette, Bournonville, Aftier & Suffret*, In-fol. à 5. l. piece,   60. l.

Trois Livres *de differents Auteurs Italiens*; le dernier nouveau, à deux livres dix fols,   7. l. 10. f.

Les neuf Leçons de Tenebres de *Broſſard*, de même forme, 5. l.

Celles de *Nivers*, In-octavo,   1. l. 5. f.

    Ou In-quarto avec les *Paſſions*, de ſa Compoſition,   7. l. 10. f.

Les *Cantates* de Mlle de *Laguerre*, ſur des ſujets de l'Ecriture. 10. l.

Eſther, les *Stances Chrétiennes*, & les *Cantiques de Collaſſe*, in-4°. 15. l.

Les M E S S E S *en Muſique*, à 4. 5. & 6. Parties, à l'uſage des
Cathedrales, ſur le pied de *dix ſols la Partie*.

On vient de réimprimer d'Auxcouſteaux, *Secondi Toni*.
de Coſſet, *Gaudeamus*, & de d'Helfer, *pro Defunctis*.

On vend les *Pieces* d'O R G U E de *Boivin*, ſes deux Livres.   30. l.

    Le dernier Livre ſeparément.   10. l.

Celles de *Grigny*, & de *Corette*, chacune   5. l.

On vend auſſi les *Ouvertures* des Opera de *Lully*, Parodiées
& imprimées in-folio ſans retourne, pour être propres
à jouer & à chanter,   4. l.

Les *Charmes de l'Harmonie*, In-folio,   7. l. 10. f.

Les *Mille-&-un-Air*, ou *Potpoury*, quatre Volumes en un, 6. l.

Les *Concerts Parodiques* ſur les plus beaux Airs de *Lully*,
Lambert, *le Camus*, & autres celebres Auteurs, & les
Madrigaux de *la Sabliere*,   6. l.

Le Recueil de neuf D I V E R T I S S E M E N T S differents,
qui ſont, *Le Pourceaugnac*, *Cariſelly*, *Le Profeſſeur de Folie*,
La Serenade Venitienne, *La Veuve Coquette*, *La Critique des
Feſtes de Thalie*, *La Provençale*, *L'Hymenée Royale*, *Les Bergers
de Surenne*, Volume in-quarto,   20. l.

Le *Retour des Dieux*, nouveau Divertiſſement.   3. l.

Le Recueil des *Airs de* vingt differentes *Comedies* des deux
Theâtres, Volume in-quarto,   20. l.

Il y a encore un Recueil d'*Airs Italiens*, *choiſis*, contenant
cinq differents Livres, Volume in-quarto,   20. l.

On vient d'imprimer L'*Amour aveuglé par la Folie*, CANTATE 24. f.
on doit en donner inceſſemment deux nouvelles.

Les *Duo choiſis* pour la *Flute* & le *Hautbois*, in quarto. 73. P. 3. l.

    Sonates à deux Flutes, de M. Handouville, in-4°. 1. l. 4. f.

    *On trouve auſſi les autres Livres de Muſique, ſoit d'Egliſe, ſoit de
Chambre, de tous les Auteurs; Il y en a des Catalogues par Matieres.*

L'I M P R I M E R I E D U M O N T-P A R N A S S E,
qui a le Privilege excluſif pour la Muſique, fournit encore tous les
Livres de Plain-Chant, & des Impreſſions ordinaires, comme toutes
les autres Imprimeries.

PRIVILEGE DU ROY.

LOUIS par la grace de Dieu, Roy de France & de Navarre : A nos amez & feaux Confeillers, les Gens tenant nos Cours de Parlement, Maîtres des Requêtes ordinaires de nôtre Hôtel, Grand Confeil, Prevôt de Paris, Baillifs, Sénéchaux, leurs Lieutenans Civils, & autres nos Jufticiers qu'il appartiendra, Salut. Les Sieurs Befnier, Avocat en Parlement, Chomat, Duchefne, & de la Val de S. Pont, Bourgeois de nôtre bonne Ville de Paris ; Nous ont fait remontrer, qu'en confequence de l'Arrêt de nôtre Confeil du 12 Decembre 1712. du Traité fait entr'eux & les Sieurs de Francine & Dumont, le 24. defdits Mois & An, & de nos Lettres Patentes du 8. Janvier enfuivant, confirmatives dudit Traité; Ils auroient acquis le Privilege de faire reprefenter les Opera durant le temps de vingt années, à compter du 20 Août 1712. ainfi que le Privilege de la vente des Paroles defdits Opera, lefquelles ils defireroient faire imprimer pour les donner au Public, s'il Nous plaifoit leur accorder nos Lettres de Privilege fur ce neceffaires: A CES CAUSES; defirant favorablement traiter les Expofants, attendu les charges dont l'Accademie Royale de Mufique fe trouve oberée, & les grandes dépenfes qu'il convient de faire tant pour l'Impreffion que pour la Gravûre en Taille-douce des Planches dont ce Livre fera orné ; Nous leur avons permis & permettons par ces Prefentes, de faire imprimer & graver les Paroles & la Mufique de tous lefdits Opera, qui ont été ou qui feront reprefentez par l'Academie Royale de Mufique, tant feparément que conjointement, en telle forme, marge, caractere, nombre de Volumes & de fois que bon leur femblera, & de les vendre & debiter par tout nôtre Royaume pendant le temps de dix-neuf années confecutives, à compter du jour de la datte defdites Prefentes. Faifons défenfes à toutes perfonnes, de quelque qualité & condition qu'elles puiffent être, d'en introduire d'impreffion étrangere, dans aucun lieu de notre obéïffance ; Et à tous Imprimeurs, Libraires, Graveurs, & autres, d'imprimer, faire imprimer, vendre, faire vendre, débiter ny contrefaire lefdites Impreffions, Planches & Figures, en tout ny en partie, fans la permiffion expreffe & par écrit defdits Sieurs Expofans, ou de ceux qui auront droit d'eux, à peine de confifcation des Exemplaires contrefaits, de fix mille livres d'amende contre chacun des contrevenants, dont un tiers à Nous, un tiers à l'Hôtel-Dieu de Paris, l'autre tiers aufdits Sieurs Expofans, & de tous dépens, dommages & interêts, à la charge que ces Prefentes feront enregiftrées tout au long fur le Regiftre de la Communauté des Imprimeurs & Libraires de Paris, & ce dans trois Mois de la datte d'icelles ; que la gravûre & impreffion defdits Opera fera faite dans nôtre Royaume & non ailleurs, en bon papier & en beaux caracteres, conformément aux Reglemens de la Librairie, & qu'avant de les expofer en vente, il en fera mis deux Exemplaires dans nôtre Biblioteque publique, un dans celle de nôtre Château du Louvre, un autre dans celle de notre tres-cher & feal Chevalier Chancelier de France, le Sieur Phelypeaux, Comte de Pontchartrain, Commandeur de nos Ordres ; le tout à peine de nullité des Prefentes ; du contenu defquelles vous mandons & enjoignons de faire joüir lefdits Sieurs Expofans, ou leurs ayants caufe, pleinement & paifiblement, fans fouffrir qu'il leur foit fait aucun trouble ou empefchement. Voulons que la Copie defdites Prefentes, qui fera imprimée au commencement ou à la fin defdits Opera, foit tenuë pour dûement fignifiée, & qu'aux Copies collationnées par l'un de nos amez & feaux Confeillers & Secretaires, foy foit ajoûtée comme à l'Original. Commandons au premier nôtre Huiffier ou Sergent, de faire pour l'execution d'icelles tous Actes requis & neceffaires, fans demander autre permiffion, & nonobftant Clameur de Haro, Charte Normande & Lettres à ce contraires: CAR tel eft nôtre plaifir. DONNE' à Verfailles le vingtiéme jour d'Août l'an de Grace 1713. & de nôtre Regne le foixante-onziéme. Par le Roy en fon Confeil. Signé BESNIER, avec paraphe, & fcellé.

Regiftré fur le Regiftre N°. III. de la Communauté des Libraires & Imprimeurs de Paris, *Page* 648. N°. 741. conformément aux Reglemens, & notamment à l'Arreft du 30. Aouft 1703. Fait à Paris ce 11. Septembre 1713. *Signé*, L. JOSSE, Syndic.

Par Traité paffé, DE L'ORDRE DU ROY, pardevant Notaites, le 22. Novembre 1727. entre l'Academie Royale de Mufique, & le Sr. BALLARD, Seul Imprimeur du Roy, &c. Il eft Ceffionnaire de ladite Academie, pour ce qui regarde les Livres mentionnez au Privilege cy-deffus.